KB110412

아침 산책

아침 산책

박이문 시집

민음의 시 133

민음사

서문을 대신하여

『보이지 않는 것의 그림자』(민음사, 1987)와 『울림의 공백』(민음사, 1989), *Broken words*(민음사, 1999)를 끝으로 나는 시로써 할 수 있는 모든 말을 다 했다고 생각했었다. 그러나 나는 다시금 시를 써서 이렇게 세상에 내놓게 되었다. 앞으로 내게 시 쓰기는 떠나지 않을 것 같다. 《現代詩學》 2006년 1월 호에 실렸던 「'시'가 내게 무엇을 의미해 왔나?」라는 다음의 글이 그 내면적 이유를 설명해 준다.

시는 나에게 마음의 둥지였다. 문화적으로는 물론 자연적으로도 황무지 같았던 벽촌에 자라던 문학 소년 시절의 나에게 초등학교 시절 시와의 우연한 만남은 내가 그때까지 알 수 있었던 세계와는 다르고도 신기하며, 알 수 없지만 황홀한 정신적 세계의 존재에 대한 충격이며 눈뜸이었다. 그 세계는 광복 직후의 흥분, 정치 및 사회적 혼란, 6·25 전쟁의 끔찍한 가난과 비극으로 상처받은 문학 청년 시절의 나에게 그 상처를 조금이나마 달래고 치유할 수 있는 유일한 둥지였다.

시는 나에게 실존적 몸부림이었다. 말로 표현할 수 없는 사춘기의 생물학적 고통과 눈을 뜨기 시작한 도덕적

분노를 분출하고, 삶의 부조리에 저항하며, 나의 실존에
대한 확인을 통한 삶의 의미를 창조함으로써 찢어진 영혼
을 어루만질 수 있는 유일한 정신적 공간이었다. 나는 아
주 일찍부터 시인이 되고자 작정했다. 시인의 삶이 흔히
가난하고, 비극적이라는 것을 알면서도 말이다. 아니 바
로 그러한 삶이 어느 삶보다 멋있을 뿐만 아니라 진짜라
고 여기게 되었다.

　하지만 시는 나를 버렸고 나는 시라는 마음의 둥지를
떠나 오랫동안, 아주 오랫동안 외도를 하며 방황했다. 시
인이 되겠다는 의지만으로 시인은 되지 않으며, 인위적인
기술만으로 쓰여지지 않는다. 모든 창조가 그러하듯이 시
적 창조는 천부적 자질을 타고나야 하며, 미학적 감동과
실존적 고민에 무감각한 시인을 상상할 수 없지만 그런
감동과 그런 고통을 경험한 모든 이가 시인이 될 수 있지
않기 때문이다. 시인은 타고난다. 나는 문학 청소년 시절
수백, 아니 수천 번의 시를 썼지만 그 어느 한 편도 남들
에게는 물론 나 자신에게도 정말 마음에 들지 않았다. 불
행하게도 나는 시인으로 태어나지 못한 것 같았다.

　그러나 시를 발표하기 시작한 지 반세기가 넘었고, 시
가 나를 버리고 내가 시라는 마음의 둥지를 떠나 외도를
한 지 거의 반세기 동안 시는 나의 마음을 떠난 적이 한
번도 없었다. 오히려 시는 언제나 내 마음의 가장 밑바닥
그리고 그 중심에 자리 잡고 있었고, 나는 지난 70년대부
터 오랫동안의 객지에서 그리고 고국에 돌아온 지난 십여

년 동안 평범한 철학 교수 생활을 하면서 남들이 읽거나 말거나, 인정하거나 말거나 틈틈이 시를 썼다. 그리고 나는 시가 나의 궁극적 정신적 고향이라고 늘 여겨왔고, 이런 사실은 오늘날 나 자신의 내면을 들여다보면 볼수록 더욱 분명하다. 지금까지의 나의 모든 책 읽기와 글 쓰기는 궁극적으로 말라르메가 말하는 '단 하나의 책(Le livre)'으로 요약할 수 있는 '단 하나의 시집', 아니 '단 한 편의 시 작품'을 위한 학습이자 습작이라는 생각까지 하게 되었다.

그렇다면 시란 도대체 무엇인가?

시는 언어적 구조물이며, 시인은 언어의 마술사이다. 모든 언어가 그러하듯이 무엇인가를 표상하는 시도 하나의 텍스트이다. 이런 점에서 시는 반드시 그 표상 대상을 전제하여, 그 대상에 관한 '진리'를 밝히는 일종의 인식 양식으로서 신화적, 종교적, 정치적, 역사적, 철학적, 과학적인 모든 텍스트와 다르지 않다. 그러나 진리의 존재, 진리의 인식은 그것이 어떤 것이든 언어를 떠나서 밝혀질 수 없다. 바로 이런 맥락에서 "언어는 존재의 집이다."라는 하이데거의 말은 옳다. 하지만 개라는 존재가 '개'라는 말 속에서만 표상되는 한, '개'라는 언어는 '존재의 집'인 동시에 '존재의 은폐자'이다. 왜냐하면 '개'라는 개념 속에 담긴 '개'는 구체적으로 존재하는 개의 무한히 다양한 속성들을 제거하여 그것의 특정한 속성만을 추상화한 결과로서의 개념에 지나지 않기 때문이다. 어떤 존재의 언어적 표상 즉 개념은 그 존재의 무한히 다양한 그리고 구체적인 속성들이 이미 빠져나가고 남은 뼈대뿐인 것이다.

존재를 표상하는 양식들 가운데 시적 표상 의도와 표상 양식이 다른 표상 의도와 표상 양식과 다른 점은 후자가 뼈대만의 개념적 개로 인식하는 것으로 하는 데 반해서 전자는 뼈대만이 아니라 산 채로의 개 즉 구체적인 개를 그냥 그대로 표상하지 않으면 만족할 수 없는 데 있다. 이런 관점에서 시적 의도는 "언어로써 언어의 한계를 초월한 데 있다."라고 말할 수 있다. 이런 차원에서 시인은 언어의 마술사나, 철학자가 아니며, 시는 언어적 마술이지 과학적, 철학적 및 종교적 의미에서 인식 양식이 아니다. 시의 이 같은 의도와 그 표현으로서의 시 작품은 논리적으로 불가능하다. 시적 의도는 궁극적으로 실패할 수밖에 없다. 그러나 시시포스가 그러했듯이 다시금 이룰 수 없는 즉 논리적으로 불가능한 것을 '시의 창작'이라는 무거운 바위를 산정으로 힘들여 올려가야 한다. 실패할 수밖에 없지만 그 노력의 과정에서 시는 빛을 부분적으로 내고 시인은 시작의 환희를 경험한다.

시는 언어의 마술이며, 시인은 언어의 마술사이지만, 모든 언어적 마술사가 똑같이 위대한 시인이 아니며, 모든 언어적 마술이 똑같이 위대한 시가 아니다. 시는 그것이 독자에게 주는 감동의 깊이와 폭에 따라 다른 가치를 갖게 되며, 그러한 가치를 창출할 수 있는 감동은 그 작품을 쓴 시인의 내면적 깊이를 전제하며, 그러한 깊이는 시인의 영적 및 지적 깊이의 폭과 상대적이다. 위대한 시인은 비록 전문적 교육은 받지 않더라도 넓은 의미에서의 지적, 도덕적 및 인격적 소양 즉 '지혜'의 소유자이다.

이러한 사실이 내가 시를 떠나 오랜 외도를 해왔고, 그 외도의 모든 과정을 '단 하나의 시집' 아니 '단 하나의 시'를 쓰기 위한 습작이라고 스스로 생각하고 싶은 현재의 태도를 설명할 수도 있을 것 같고, 내가 아직도 시를 나의 궁극적 고향으로 생각하면서도 여전히 만족스러운 시를 쓰지 못한 것을 변명해 줄 수 있을 것도 같다. 내가 걸어온 외도가 철학이었음에도 불구하고 나는 아직도 차가운 철학적 사유의 깊이에 이르지 못한 것 같다.

시적 지혜는 일종의 인식 양식이지만 그것은 개념적이 아니라 감성적이며, 분석적이 아니라 종합적이다. 시적 인식이 과학이나 철학에서 요구하는 이지적인 것이 아니라 육화적인 것은 이 때문이며, 또한 시의 호소력과 그것이 동반하는 감동은 두뇌에서 나오는 논리적 설득력이 아니라 영혼에서 울려 나오는 진동의 밀도에 있는 것도 이 때문이다. 시는 그 내용이 무엇이든 상관없이 말할 수 없는 것을 말하고, 표현할 수 없는 것을 표현하고자 하는 충동이다.

시는 자연, 세계 그리고 인간 간의 전인적 따라서 행복한 관계가 차려놓은 언어의 축제이다. 그리고 인간이 존재하는 한 이러한 축제는 끝나지 않는다. 왜냐하면 인간은 발기발기 찢어진 세계에서 잠시나마 행복을 찾고, 그러한 행복은 세계의 순간적이나마 발견할 수 있는 조화로운 통합 속에서만 찾을 수 있기 때문이다. 모든 사람들에게 고향은 나름대로 따뜻하고 행복했던 거처이다. 고향은 언제나 어린 시절을 보내던 시골이며, 자연과 가까운 시골의 어린 시절은 누구에게나 따뜻하고 행복했던 추억이 담긴 거처이다. 시는 나의 마음의 고향이다.

2006년 3월
박이문

차례

서문을 대신하며 5

I. 귀향

뉴잉글랜드 여름 풍경의 기억 17

가을의 시골 주유소 18

갑자기 드는 생각들 20

깜짝 놀람 21

자기반성 22

고국의 변한 모습을 조금 보고 나서 23

더 기억에 남는 사람들 25

부끄러운 고백 26

남이 살고 있는 고향집 27

가을 하늘 28

시골 돌담 뒤 감나무 29

더 푸른 무덤의 잔디 30

어머니의 매장 31

어머님 성묘 33

고국의 늦여름 주말 드라이브 34

과학자들과의 주말 등산 38

어느 여인의 오순을 위하여 41

당신은 보신 적도 없는 44

38선의 짙은 녹음 45

가을 하늘을 바라보면 46

일산 홀아비 두루미 47

일산 호숫가 아침 산책 48

일산 신도시 50

일산 주엽역 광장에서 본 아줌마와 비둘기들 풍경 51

한 친구의 장례식장에서 53

지하철에서 55

식당에서 56

부엌 57

침대에서 58

어린 아기와 함께 있는 어린 엄마 59

재인이와 장난감 60

계절의 변용(變容) 61

자연의 시적 변용 63

II. 광란(狂亂)

가짜 67

포스트모던 이미지 69

한 사슴의 죽음 70

아프리카의 아름다운 동물의 세계 71

어느 악몽 72

호킹의 블랙홀에 부쳐서 74

미리 본 문명의 황무지 75

이대로 끝나는가…… 78

앞을 따라서, 뒤에 밀려서, 그리고 줄을 따라 자동기계적으로 80

몽고의 풍장(風葬) 87

돌출 사건 90

혼자 귀가하다 산정에서 길을 잃었던 잠꼬대 96

발광 98

광란한 시대의 광란의 시 100

나는 가짜다 102

새천년 호미곶 해맞이 축제를 위한 시(2000년 1월 1일) 104

월드컵이 뭐기에 108

아직 쓰여지지 않은 시를 위해서 113

해설 / 정과리
고향엘 처음 간다고? 116

I. 귀향

뉴잉글랜드 여름 풍경의 기억

뉴햄프셔 주 그리고 버몬트 주
산들이 높고 하늘도 높다
숲이 푸르고 녹음이 맑다
뉴잉글랜드는 낭만적 서정시

산골짜기에 작은 동네가 곱다
숲 속에 드문드문 작은 목조 집들의 페인트 색이 밝다
모두가 정갈하고 조용하다
동화만 같은 뉴잉글랜드

뉴잉글랜드 산속 한 외딴 마을에
집을 짓고 살고 싶다
뉴잉글랜드 숲 속 외딴 집에서
시를 쓰고, 사랑도 하다 죽고 싶다

가을의 시골 주유소

어느 주말
이국 땅 시골
골목길

어느 한적한
주유소
성조기(星條旗)가 휘날린다

코발트 높은 하늘
뉴잉글랜드의 늦가을
꽃무늬 같은 단풍

한국인 하나
차에서 내려
혼자 차에 기름을 넣는다

어느덧 산 너머 지는 해
돌아가는 곳은
텅 빈 아파트

맥도널드 햄버거 집
화장실에서 손을 씻고
종이컵에 커피 한 잔 마신다

언뜻 거울에 비친
낯선 내 얼굴
객지 벌써 30년
어떻게 살다 보니
벌써 백발

깜짝 혼자 놀라면
누런 나의 얼굴빛
변함이 없다

함박눈에 덮이는 뉴잉글랜드의
어느 시골 저녁
내 서투른 영어처럼
내게도 어색한 나의 그림자
갑자기
무덤 속 아버지를 생각한다

갑자기 드는 생각들

갑자기
내게 자식이 없음을 의식한다

갑자기
내가 칠순이 넘었음을 상기한다

갑자기
나 자신의 죽음을 의식한다

깜짝 놀람

언뜻

나는 의식한다
내가 잠을 잘 자게 됐음을

어느덧

나는 의식한다
내가 늙었음을

깜짝

잠이 깬 밤중
책상 앞에 앉아 밤을 샌다

자기반성

땅을 일구어 곡식과 과일을 생산하는 농민들이나
기계를 돌려 물건을 제조하고
벽돌을 쌓아 아파트를 짓는 노동자들을 보면
생각만을, 아무리 귀중하고 어렵다지만 생각만을 일구면서
편안히 사는 철학자, 나는
미안함과 고마움을 느낀다.

인간의 불공평함과
사회의 불평등함이 어쩔 수 없다면
누구의 잘못일까
무엇이 잘못됐나
전지전능하신 당신의 잘못인가
하나님은 말씀이 없으시다.

고국의 변한 모습을 조금 보고 나서

저 많은 공장
저 많은 비닐하우스
저 많은 아파트
저 많은 자동차
저 많은 상품들
저 많은 사람들

그리고 저 푸른 산들
고국은 이제 내가 태어나고, 자라고 알던
그런 나라가 아니다

물론 아름답기만 하진 않다
물론 좋기만 하진 않다
물론 착하기만 하지 않다
물론 공기도 고약하다
물론 바다와 강물이 썩는다
물론 사기꾼이 많다
물론 가짜가 많다
그리고 그 많은 사람들
고국 사람들이 흘렸던 그 많은 피와 땀

그러나 이만큼의 변화
그러나 이만큼의 풍요
그러나 이만큼의 발전
그러나 이만큼의 생명력
그러나 이만큼의 의지
그러나 이만큼의 노력
그리고 누가 뭐래도 가난했던 형제들
고국의 일꾼들은 정말 많은 일을 했다
정말 큰일을 해냈다
나의 조국, 나의 형제들, 나의 동포들

더 기억에 남는 사람들

친했던 옛 친구들? 아니
더 기억에 남는 사람들은
가령 6.25 때
일선에서 누군가의 총에 쓰러진 중학 동창들이다

달콤했던 첫사랑? 아니
더 떠나지 않는 생각은
가령 소말리아 사막에서
나뭇가지처럼 굶주린 그 많은 아이들의 눈들이다

부끄러운 고백

미워하는 놈들
물론 고약한 어떤 놈들이
자동차 사고나 암 같은 병에 걸려
고통을 당하거나
아니
죽었으면 하고 순간적으로나마 생각하는 때가 있었다.

그럴 때면
나는 남보다 내가 더 밉고
남보다 내가 먼저 죽고 싶다
나를 먼저 죽이고 싶다.

남이 살고 있는 고향집

50년 전 떠났던 고향
그때보다도 더 초라해 시골 마을
한적한 동네 한복판

궁전같이 크기만 했던 기와집은
아버지가 태어나고
그리고 또
우리 형제자매가 태어나서 어머니의 젖을 먹고 자랐던 곳

증조부가 묻힌 뒷동산은 더 울창한데
거의 쓰러져가는 고향집엔
낯도 이름도 모르는 사람들이 산다

가을 하늘

백발의 사색에는
아직도
텅 빈 어둠이 차 있는데

시골 돌담 너머 매달린
감 몇 개 익고 있는 날

가을 하늘은 아무리 봐도
크고 무한히 곱다
한없이 충만하다

시골 돌담 뒤 감나무

돌담 뒤 묵은 감나무
거기 매달린
감 여러 개

청아한
주홍빛

감이 익어가는 한국의 가을
맑고 조용한 주홍빛 한국의 마음

더 푸른 무덤의 잔디

작년에 묻힌 아버지
당신의
무덤

거기 당신의 살로
더 푸른
잔디

어머니의 매장

어머니의 관이
막걸리에 얼근한 인부들의 어깨에 얹혀
한마디 말씀도 없이
후미진 산으로 올라간다.

하루에 열 번 이상을 새 물로 손을 씻고 또 씻으시던
어머니, 우리 어머니는
땅속에 내려지자
삽으로 퍼붓는 흙으로 덮였다.

어머니를
혼자
산속에 버려두고
나는
옷에 묻은 흙을 털며

밤이 세상을 덮기 전
소나무 숲
험한 가시밭길을 헤치며
서둘러 마을로 내려온다.

그날 밤 나는
잠을 이루지 못한 채
대답이 없는 존재의 수수께끼에
무겁게 덮인다.

어머님 성묘

무덤 속에서
어머니는 이제
흙이 되시고
풀이 되시어

나는 잔디 위에
엎드려
절한다

"어머니."

조용히 불러도
들리는 것 산새와 솔잎 사이를 지나가는 바람 소리뿐
보이는 것은
잡초에 덮인 흙더미뿐

산 너머 푸른 하늘
떠가는 흰 구름
어머니
당신의 얼굴

고국의 늦여름 주말 드라이브

1

언제 한국이 이렇게도 푸르렀던가
언제부터 우리 산과 들이 이처럼 풍요한 녹음이었던가
언제부터 조국의 산천 이렇게도 아름다웠더냐
언제부터 이 땅의 시골이 이처럼 깨끗할 수 있었던가

달리고 또 달리고
꼬불꼬불 가고 또 가도
산과 들엔 초록색 또 초록빛이 넘쳐 흐르고
내 생각, 내 느낌, 내 의식, 아니
내 모두가 이 초록으로 물든다
문경새재를 넘어 단양으로
처음 가는 길
아름다운 우리의 자연

전쟁의 상처는 어디 있었나
가난과 고통은 어디로 갔는가
그 오두막 초가집들은 어떻게 없앴는가
그 진흙 논길들은 어디로 사라졌는가

밭고랑 사이 포장된 시골 길가
우뚝 서 있는 흰색 주유소의 빨강 페인트칠에
더욱 신선해지는 초록빛 시야
어느덧 초록으로 넘치는 나의 가슴
푸른 주말 드라이브

2

시골 길도 메우는 자가용 차들
새로워지는 한국, 한국의 땅
우린 이제 딴 나라에 산다
헐벗은 산은 보이지 않고
초가집 대신 고층 아파트
산골짝에는 새 공장

시골이 없다
기억이 없다
과거가 없다
쉴 곳이 없다

내가 알던 나라는 없고
딴 나라

강물이 썩어 붕어가 죽는단다
냇물이 말라 썩는 내
바다도 썩어 바다가 죽어간단다
발전한 나라란다, 아! 나의 모국
하나뿐인 내 나라, 하나뿐인 내 고향

구석마다 빈 깡통, 찢어진 비닐봉지, 플라스틱 종이
곳곳마다 가득한 쓰레기

3

메뚜기가 보이지 않는 초가을 논두렁
개구리의 울음소리가 들리지 않는 논
참새들은 어디로 떠났는가
잠자리는 어디로 갔는가
논에서 우렁이 잡던

어릴 적 시간은 어디론가 사라진
지금은 남은 것은 오직 추억뿐

과학자들과의 주말 등산

── 포항에서

다리가 아파지고 숨이 차도 올라갈수록 좋다
잡초를 헤치고 바위틈을
땀을 흘리며 올라갈수록 즐겁다
도시, 더욱 한국의 도시는 멀리 떠날수록 좋다
시골 마을도 지나갈수록 즐겁다

들어갈수록 짙은 초록빛 들
올라갈수록 퍼지는 하늘 아래 생동하는 녹음

혼자라도 신난다
과학자들과 함께 가도 좋다
과학자들과 함께 가면 더 좋다
오솔길 따라 산으로 가면 신난다
과학자들이 등산을 즐긴다

산꼭대기 바위 위에 서면
사방으로 터진 환한 시야
산맥들의 파도는 출렁이고
땀을 말리는 산정 바람은 자연의 음악처럼 들린다
어느 초가을 오후

보이진 않아도 영원을 향한 초월적 자연이 보인다
자연은 수학자의 숫자만은 아니다
존재는 물리학자의 원자만도 아니다
세계는 엔지니어의 기계만도 아니다
자연은 자료만이 아니다
몰라도 알 수 있는 존재를 피부는 안다

아름다움의 녹음
초연한 산맥들
산봉우리에서 우리는 해방된다
다 같이
시인도 과학자도 자유를 얻는다
산정에서 느끼는 조용한 환희

과학자들이 시인보고 시를 읊으라 한다
시인이 못하겠다고 대답한다
그냥 그것이 그대로 시라고 말한다
등산가는 모두가 시인이라 한다

언젠가 정말 좋은 등산에 관한 시를

꼭 써야겠다고 시인은 혼자 결심했다
쓸 수 없음을 이미 알고 있지만
꼭 쓸 수 없기에 그렇게 다짐했다

푸른 하늘에 떠가는 흰구름 쪽지
어디에서인가 들리는 산새 소리
최고의 첨단 과학자들
이 모두 함께 어울려
알고도 알 수 없는 또 하나의 깊은 질서

써질 수 없는 하나의
크나큰 시
마음속에
과학자들도 함께 시를 쓴다

어느 여인의 오순을 위하여

10년이 지나도
학희야
오순이 되는 여인
당신은
희고
가냘픈
한 마리
학

긴 목엔
검은 머플러
그냥 그때 그대로

어느 황량한 들
혼자
서 있던
길고도 가냘픈 네 다리
어딘가를 바라보는
한 마리 사슴

당신은 지금
그냥 그대로
오순을 맞는 여인
당신은 나의
하나뿐인
아내
맑고 깊고 시원한 당신의
큰 두 눈 속
푸른 하늘을 흘러가는
흰 가을 구름

어제만같이 생기 찬
우리 함께, 우리끼리만의
10년
학아
사슴아
오순의
아내야
오래 보람 있게
마누라야

아주 오래
함께 살자
행복하자

당신은 보신 적도 없는

당신은 보신 적도
없는 당신의 막내 며느리와
흰색 새로 산 자동차 캐피털을 몰고
동해안 녹음 진 해변을 누비면
미군이 타는 지프차를 부럽게 바라보기만 하시던
어머니 저는 자꾸
당신을 소용없이 부르기만 합니다

당신은 보신 적도
없는 당신의 며느리와
백발이 되어 이제야 돌아와
동해 어느 어촌, 멀리 건너온 바다를 바라보면
같이 살자고 기다리기만 하시던
아버지 저는 자꾸
돌아오시지 않는 당신을 헛되게 기다리기만 합니다

38선의 짙은 녹음

우거진 숲
짙은 녹음
넘치는 생명

그 많이 쓰러진 병사들의
빨간 피와 젊은 살이 거름이 되어
죽음이 환생해서인가

미움도 이유도 모른 채, 이름도 없이
서로 가슴에 총알을 쏘아 죽이고 죽어 사라진
젊은 그리고 나이 어린 수많은 병사들
국군, 인민군, 먼 이국땅에서 시체가 됐던 중공군, 유
엔군

숨어 있을 짐승
겹겹이 둘린 철조망 가시의 삼엄한 고요
이따금 들리는 산새들 소리
서로 총을 겨냥하고 말없이 순찰하는
국군, 인민군, 미군, 유엔군

가을 하늘을 바라보면

벼 이삭을 스치며
들길을 걷다
가을 하늘 바라보면
무조건 날아 올라가고 싶다
흰 구름처럼
아무 데라도 가고 싶다
그저
떠나고만 싶다

언뜻
추한 것까지 모두가 아름답고
넓은 가을 하늘과 같이
우주가 활짝 꽃피는 그런 때가 있다
그런 때면
나는 이유도 없이 그냥
행복하다
무의미한 나의 존재도
모든 것이 아름답다
그것이 아주 무의미하더라도

일산 홀아비 두루미

만주서 온 두루미 한 쌍
일산 공원 철로 만든 새장에 갇힌 지 3년째
암놈이 죽어
혼자 남은 두루미
수놈 한 마리 혼자 산다
벌써 또 3년째, 깼을 때나 잘 때나 발로 서서

언제 봐도 혼자
눈물도 없고 말도 없이
상대도 없고 갇힌 채
혼자 홀아비로 산다

크고 점잖고 목과 다리가 긴 두루미 한 마리
깨어 있을 때나 잠을 잘 때나
언제나 서서 사는 얼굴과 꼬리가 검은
만주서 왔다가 혼자 남은 두루미

일산 호숫가 아침 산책

이른 아침부터 공원 호수를 끼고 산책하는 이들 많다
힘들여 뛰는 이들
부지런히 팔을 흔들며 햇빛을 가리는 모자를 푹 눌러
쓰고
주먹을 쥐고 열심히 걷는 젊은 여인들
자전거를 타고 도는 이들도 있다
애완 강아지도 뛴다

운동 삼아
오래 살려고
공기가 맑으니까
호수의 자연이 좋으니까
근래 심은 높은 적송, 전나무, 자작나무 그리고 동백나
무들로
호수의 풍경이 더 흐뭇해졌으니까

나는 아침마다 일산 호숫가를 돈다
건강을 위해서
바람을 쐬느라
녹음이 좋아서

호수 물이 좋아서
자연과 하나가 되려고

일산 신도시

빨강 신호등
골목마다 피시방 그리고 또
건너편 빨강 등, 피시방,
장국집, 해장국집
똥돼지 불고기집
노래방과 러브호텔
먹고 놀 곳이 많다

동마다
단지마다
거의 아파트마다 지붕 위
밤하늘에 새겨진
환한 십자가
화려한 네온사인
기도하고 종교심이 깊다
정말인가? 문제인가?

일산 주엽역 광장에서 본 아줌마와 비둘기들 풍경

비둘기는 사람을 무서워한다
하지만
일산 주엽역 광장의 비둘기들은 아줌마를 따르고,
주엽역 광장 아줌마한테 그곳 비둘기들은 한 식구가
된다.
수도승 성프란체스코에게 아프리카 사막의 짐승들이 그
러했듯이.

아줌마는 아스팔트 바닥에 말없이 비닐종이를 깔고
비닐봉지에서 쌀, 빵 부스러기를 꺼내어 널어놓으면
어디선가 수많은 비둘기들이 아줌마의 어깨 너머로 낙
엽처럼 날아와
아줌마를 둘러싸고 아줌마의 손등, 아줌마가 들고 있는
비닐봉지 위에 앉아
허기진 듯 모이를 정신없이 찍어 먹는다.
마치 엄마가 차려놓은 밥상에 둘러앉은 굶주린 아이들
이 하듯이.

비둘기는 사람을 보면 도망친다.
하지만

일산 주엽역 광장의 비둘기들에게 아줌마는 그들의 엄
마이고
주엽역 광장 아줌마한테 그곳 비둘기들은 자식과 같다.
수도승 성프란체스코에게 아프리카 사막의 짐승들이 그
러했듯이.

한 친구의 장례식장에서

친구는 막 떠났다
몇 시간 전 그는 마지막 숨을 거두었다
아직 아무 문상객도 없다
물론 그 흔한 '근조(謹弔)'라는 글씨를 단 화환도
아직은 없어 쓸쓸하다
첫날이다

몇 안 되는 가족이 막 차려놓은 병원 영안실
나는 나를 내려다보는 그의 사진 앞에
흰 국화꽃을 달랑 놓고
분향을 하고
두 번 절을 한다
몇 달 전까지
일산 공원을 거닐며
늙어서 요양소에 갈 이야기
죽을 때 고통 없어야 하겠다는 이야기
정치 이야기
집값, 생활비 등에 관한 이야기
돈 걱정을 함께하던
그는 지금 말없이 조상하는 나를 내려다보고만 있다

둘째 날 저녁
문상객들이 영안실 방
맥주 또는 소주를 마시며 덕담을 나눈다
친구, 대학에서의 제자들이 찾아와
덜 쓸쓸하다

하지만
떠나는 사람은 언제나 혼자다
그는 떠났다
그리고 우리 모두
우리 모두는 각자
자신의 그러한 날을 기다리며
먼저 간 친구를 애도한다
영안실은 언제나 쓸쓸하지만
언제나 엄숙하다
우리는 모두 떠난다
내세를 믿든 안 믿든

지하철에서

깜깜한 땅속을 전차가 달린다

서로 떨어져 있고파 하는 이들도 있다
어떤 이는 졸고
어떤 이는 무가지 신문을 뒤적뒤적 읽고
어떤 이는 반대편 사람을 보면서 보지 않으려고 하며
어떤 이는 휴대폰을 들고 큰 소리로 이야기하며
어떤 이는 무료한 시간을 지루해하며
서로 포옹하는 젊은이들도 있다

깜깜한 땅속을 언제 빠져나갈 것인가

식당에서

모두 먹는다
허기지게 먹는다
가족이 모여

모두 먹는다
맛있게 먹는다
친구들이 모여

모두 먹는다
행복하게 먹는다
애인과 만나서

혼자 와서 혼자 먹는다
이야기 나눌 이도 없이
혼자라도 맛있게 먹는다

먹어야 살고
살아야 먹는다
아름다운 식당 풍경

부엌

먹고 난 식기들
먹다 남은 음식들
음식 찌꺼기
음식 쓰레기
보통 쓰레기

설거지하고 난 후
씻은 식기들
젓가락, 수저
그것들의 가지가지 색깔
그것들의 가지가지 형태

부엌 풍경이 너절해도 따듯하다
부엌 모양은 어지러워도 아름답다
부엌은 생생하다
삶이니까

침대에서

편하다
포근하다
따듯하다

편안하다
쉬고 싶다
꿈이다

음탕하다
뜨겁다
행복하다

괴롭다
사유한다
창조한다

어린 아기와 함께 있는 어린 엄마

아기인 줄 알았는데
엄마일세
벌써 엄마 됐네

아기가 아기의 손을 잡고
아이스크림을 먹고 있네

아기인 줄 알았는데
아기를 안고 가네
장난감 가게로

아기가 아기에게
야단을 하네
가르쳐주는
공부하라 타이르네

재인이와 장난감

재인이가 말하네
"할아버지, 장난감 사주세요!"
재인이가 할아버지의 손을 잡고
장난감 가게에 가네
그럴 때면 할아버지는 행복하네
그럴 때면 재인이가 말하니까
"할아버지, 많이많이 사랑해요!"라고
할아버지가 재인이의 손을 잡고
장남감 가게로 가네

계절의 변용(變容)

1 봄

바람이 봄을 불어오면
흙은 새싹을 솟아내고
풀과 나무
들과 산은 연두색 옷을 입고

2 여름

초록의 혈기
젊은 지구
풍성하다
왕성한 삶의 맥동

3 가을

마티스의 화려한 화폭의 잔치
색깔로 변신한 지구의 축제

새댁같이 에로틱한 단풍의

4 겨울

침묵의 언어
명상의 심연
시간의 깊이
공간의 꿈

자연의 시적 변용

시인의 의식이 닿는 모든 존재를 언어로 바꾸어
자연 전체가 하나의 담론이 되어 의미를 갖고
시 속에서 꽃과 똥 모든 것이 시로 섞이고 변해서
하나의 작품이 되어 어떤 의미를 가지듯이
무의미한 물질이 의미 있는 언어로 변용된다
마치 산상에서 그리스도가 변용(變容)했던 것처럼

Ⅱ. 광란

가짜

나는 내가 아니고 딴 놈이다
나의 몸, 나의 옷,
나의 얼굴, 나의 옷, 나의 말, 나의 생각, 나의 느낌,
나의 행복은
나의 것이 아니고 모두 남의 것들이다
산은 산이 아니고 물은 물이 아닌 것처럼

내가 가짜인 것처럼
너도 가짜이고
네가 가짜인 것처럼
모두가 가짜이다
우리 모두
존재하는 모두는
다 같이 이태원 시장

나는 남의 옷을 입고
나는 남의 생각을 하며
나는 남의 얼굴을 하고
나는 남의 말을 하며
나는 남의 집, 남의 땅, 남의 시대에 산다

우리 모두가 외국인
실향민
무주택자
너도 그렇고 저도 그렇고, 우리 모두
모든 것이 그런 것처럼

내가 거북하다
사람들이 불편하다
삶이 거북하다
존재가 쑥스럽다

포스트모던 이미지

생선 눈알을 빼 먹었다가
플라스틱
녹슨 부속품을 잉태한
처녀
샴페인 거품이 넘치는
흰
잔 높이 들고
어느 서정시 한 구절을
외운다

한 사슴의 죽음

배고파 쓰러진 한 마리
사슴의 그 큰
아니 두 눈
그 시체가 나무 밑에
썩고 있었다

어디선가 사람들이 와서
파리 떼에 덮인 사슴을
땅을 파
흙으로 덮었다

아프리카의 아름다운 동물의 세계

치타는 잡은 톰슨가젤을 잡아 죽이고,

하이에나 한 마리가 치타한테서 빼앗은 그 사슴을 물어뜯고,

리카온 떼들이 하이에나한테서 빼앗은 그 사슴을 찢어 허기지게 먹고,

호랑이는 리카온 떼를 몰아 내고 사슴의 뼈까지 부숴 굶주린 듯 뜯어 먹고,

검은 독수리 떼는 호랑이가 먹고 떠난 자리에서 찌꺼기 살을 파먹는다.

어느 악몽

어쩐 일로 나는
모래산 꼭대기에서
깊은 바다가 내려다보이는
절벽으로 자꾸 미끄러져 떨어지고 있었다
나는 어느덧 벌거벗고 있었다
밑도 가리지 않은 여인들이
달빛 속
바닷가에서 춤추고 있었다
나는 부끄러워 어쩔 줄을 몰랐다

시간이 되어
아무리 찾아도 내 신발은 보이지 않았다
증명서도, 지갑도, 비행기 표도 없었다
나는 맨발,
나는 알몸,
나는 혼자
뛰고 뛰어봐도 떨어지지 않는 발목
밝아도 어두운 삶의 객지
나는 헤매고만 있었다

집으로 가는 길도 잊었다
아무것도 기억나지 않는다
집 주소
전화번호
내 이름도

호킹의 블랙홀에 부쳐서

우주의 빛을 모두 흡수하는
블랙홀의 영원한 밤
거의 물질로만 환원된 호킹의 육체
그 어둠보다 밝은
한 천문학자의 의식

별들처럼 흩어진
사물들의 측정할 수 없는 혼돈
거기 별같이 반짝이는
무수한 핵들의 비밀
그것들의 궁극적 질서의 의미

아무것도 없는 것밖에 없는
무한한 공백
그 공백보다 더 가득한 충만
어둠과 빛 탄생과 죽음
유한한 존재들과 사건들과 그 아름다움으로

미리 본 문명의 황무지

생명은 어디 갔는가, 봄이 돌아왔는데도
들에는 풀들의 싹은 보이지 않고
나뭇가지에는 꽃이 피지 못하고
걸어보아도 고향의 논과 밭의 둑에는
단 한 번의 벌레 소리도 들리지 않고
철새들도 돌아오지 않는 강변에서
코를 찌르는 물고기 썩는 냄새

언제부터인가 짐승의 그림자도 없어진 산속에는
밀렵꾼들의 덫에 걸려 죽은 산토끼와 노루가
네 다리를 하늘을 향해 뻗고 누워 쓰러져 있고
농약을 먹고 죽은 두루미와 매 몇 마리가
산성비를 맞아 죽은 나무 밑에서 개미들의 밥이 되고
있다

젊은 아내들이 정박아를 낳기 시작한
원자력발전소 근방 농가에서
소들은 다리가 셋인 송아지를 낳고
그 마을 미루나무 위 까치집에서는
목이 둘 달린 새끼가 알에서 부화되어 나왔다

어디를 둘러보아도
어선들이나 무역선들은 한 척도 떠 있지 않고
납 덩어리같이 응고된 바다의 수평선에는
빈 플라스틱 깡통과 먹다 남은 음식 찌꺼기,
빨간 생리대와 때 묻은 빤쓰 등의 쓰레기가
눈알이 빠진 고래와 목이 잘린 상어만이 깔려 있다.
독약 같은 산성 바람이 몰아치는 언덕에 서서 멀리 바
라보는
바다는 우주항공사가 걸어본 달의 표면보다도
더 삭막하다.

숨을 쉬면 독가스로 차는 폐
물을 마시면 독물로 적셔지는 목

아! 우리 하늘,
아! 우리의 땅,
아! 우리의 지구.

우리의 생각은 컴퓨터에 찍힌 글자
컴퓨터로 계산할 수 있는 소녀가 느끼는 첫사랑

아무리 둘러봐도 끝없이 퍼진 사막같이 메마른 우리들
의 가슴속
아무리 많아도 숫자로 끝나는 우리들의 관계

아! 메마른 우리들의 마음
아! 삭막한 우리들의 마을

바싹 다가온 음산한 21세기의 멋진 황혼,
우주는 아라비아 사막보다도 더 적막해지고,
지구의 마지막 다리에 혼자 서서
우리는 다 같이
노르웨이 화가 뭉크의 작품, 해골 같은 고독한
'절규',
우리는 기도하듯 두 손바닥을 모아 내밀고
나타나지 않는 구원의 손길을 기다린다.

이대로 끝나는가……

결국 세상이 이대로 끝나는가
이렇게 끝나는가
알 수 없는 채
어둠 속에서

세상은 한없이 환하면서도 어둡다
보이지 않는다
이것이 전부일까

마침내 존재는 이렇게 끝나는가
이대로 끝나는가
말 한마디 없이
무의미하게

존재는 뜻으로 깊으면서도 뜻이 없다
텅 비어 있다
정말 이것이 전부인가

시를 시험한다
생각을 생각해 본다
물어보고 또 물어본다

앞을 따라서, 뒤에 밀려서, 그리고 줄을 따라 자동기계적으로

1 마라 강을 건너는 누의 무리

끔찍한 수의 누의 무리가 밀고 밀리며 마라 강을 향해서 달린다
때가 됐으니까, 계절이 바뀌어 먹을 풀이 없어졌으니까

그 무수한 수의 한 마리 한 마리가 차례로 마라 강으로 텀벙 뛰어든다
끔찍한 수 모두가 앞놈이 뛰어가니까, 뒷놈이 밀고 달려오니까

목숨을 건 누들은 강 속에 우글대는 악어를 피하여 목숨을 걸고 그 험한 강물을 헤엄친다
물에 빠져 죽지 않으려니까, 악어에 물려 죽지 않으려니까, 살아남으려니까,

앞놈에 부딪치며, 뒷놈에 밟히며 누의 무리들이 마라 강을 악을 쓰며 허위적거리며 헤엄친다
옆놈이 악어의 이빨에 물려 죽어가도 목숨이 있는 한 각자 자신만은 살아야 하니까

2 출근 시간의 지하철 정거장

승강장에 줄이 길게 생겼다, 자꾸 길어진다
모두가 빨리 어디론가 가야 할 사람들이다
모두가 급하다, 내리는 일이, 타는 일이
30초 안에 내리고 타야 한다

한 사람이 내리면 두 사람이 탄다 차례로
두 사람이 내리면 네 사람이 밀고 들어간다 차례로
차례가 쉽게 오지 않아도 오래 기다렸다 빨리 타야 한다
시간이 없으니까, 아니 시간이 있으니까 남들을 따라가
야 한다

3 자동 생산 공장

모든 게 정확한 차례
모든 게 틀림없이 같은 꼴
모든 게 영락없는 반복

코카콜라 깡통, 말보로 담배 한 보루
비아그라 한 병, 인터넷 정보
기관총, 원자탄, 복제 인간
정치 이데올로기

그리고 각자 나의
탄생, 광기 그리고 죽음
차례로, 기계적으로

4 파스칼의 사형수들

우리는 모두 쇠수갑을 차고
모두 발목에 한 쇠사슬로 묶인 채
자신의
사형 집행 차례를
지루하게 기다리는
파스칼의 사형수이다

우리는 서서 기다린다

그렇게 기다리는 동안
우리는 일하고, 서로 싸우고, 아프다가
웃다가 울다가, 춤추고 노래하다가
다 같이 잠든다

우리는 그렇게 기다리는 우리는
그리고 그렇게 기다리다가
기다리면서
먹고 싸다가, 오줌 누고 똥 싸다가
그렇게 치고받으며 씹하다가
다 같이 잠든다

5 사계절

삶의 다음 차례는 죽음
죽음의 다음 차례는 삶
탄생과 죽음
죽음과 또 다른 탄생

봄의 초록빛 싹과 꽃 다음에는 여름의 녹음과
뜨거운 빛
그리고 가을이 와서 열매를 따면
낙엽이 지고 어느덧 함박눈 쌓이는 겨울과 침묵

6 DNA

복제한다
똑같은 것을 반복하다
수많은 DNA들이 정해진 순서에 따라
결정된 원리에 따라
이유도 없는 이유에 따라
차례대로 반복하다
영원한 순서대로

7 다섯 세대의 외식 광경

점심때

한 식당

증손자가 제 엄마의 젖을 빨고 있다
아들 며느리가 아버지 어머니 곁에 자리를 잡는다
증손자의 증조할머니가
백발 아들의 부축을 받고
힘들게 의자에 앉는다
오래간만의 가족 외식

증조할머니
할아버지 할머니
아버지 어머니 나
그리고 내 어린 새끼
다섯 세대
차례로

8 신호등

노랑 불 다음엔 빨강 불, 빨강 불 다음엔 파랑 불

노랑 불 앞에서 기다린다 줄을 서서
빨강 불 앞에서 기다린다 나란히 서서
파랑 불이 켜질 때까지 초조하게

나는 신호등의 명령에 따라 움직인다
내 삶이 신호등의 시간과 원리에 맞추어져야 한다
빨강 신호등이 나를 가로막는다

신호등이 살아 있다
파랑 신호등이 손짓을 한다
신호등이 말을 한다
신호등이 시구와 같다

몽고의 풍장(風葬)

몽고의 한없이 퍼진 들
한가운데
돌 더미 위에 놓인 시체

누군가가 혼자서 그 시체를 칼로
큼직하고 잘 드는 식칼로 쨌다
배를 그리고 가슴을 쨌다

바로 그 위
코발트 빛 높은 하늘에서 독수리들이 빙빙 돈다
눈 아래서 행해지는 풍장 의식을 구경한다

배에서는 창자가 삐져나오고
가슴에선 심장과 폐가 튕겨 나온다
피가 흐른다
식칼에
피가 묻는다
피로 빨개진
풍장을 마치는 이의 손과
어느덧 좀 떨어진 자갈 위에 내려와 나란히 앉아

독수리들이 풍장 과정을 구경한다
호기심 많은 애들처럼
독수리들이 풍장 끝나기를 기다린다
허기진 애들처럼
요기할 차례를 기다린다

독수리들은 어느덧 잔치를 벌여
죽은 이의 창자와 심장 그리고 눈알들은
어느덧 깨끗이 사라지고
풍장이 끝난 몽고의 고원 높은 하늘엔
다시 독수리들이 원을 그리며 자유로운 삶의 놀음을 즐
긴다
풍장을 마친 아들은
파오*에 돌아와 잠자는 애들 옆에서
아내와 사랑을 한다

그리고 몽골의 대초원은
가을 바람이 다시 불어와서
말 없는 말을 하고
무의미한 의미가 자연을 덮는다.

비장하고도 장엄한
보이지 않는 자연의
우주의
그리고 존재의
신비로운 깊은 의미

* 몽고인의 텐트 거처.

돌출 사건

1

까만 안경을 쓴 근시안 조이스 더블린 광장에서 오줌을
눈다
밤이면 말이 아닌 말로 말도 되지 않는 소설을 밤을 지
새며 쓴다

심장을 도려낸 카프카가 파이프를 물고
연기도 나지 않는 담배를 피운다

송충이 같은 베케트가 달똥과 별똥이 떨어지는 공동묘
지에서 벌거벗고 춤을 춘다
한 놈의 귀신도 나타나지 않는 거기서 그는 죽을 때까
지 헛된 고도를 기다린다

2

아침에 눈을 뜨니 두 눈이 어디론가 사라져버렸고
고환이 변기 속에 떨어져 있었다

눈먼 지렁이가 콧구멍에서 기어 나왔고
큰 구렁이가 주방 싱크대 위에 죽어 있었다

벽에 걸린 시곗바늘이 어디론가 사라졌고
침대 위에서 낯선 젊은 남녀가 짝짓기를 하고 있다
내 옆구리 한 세포에서 복제된 몇 개의 내가 생겨나고
권총을 손에 쥔 건장한 경관이 나를 체포하겠다고 문을
박차고 들어왔다

아무도 없는 밤길에서 강도가 나를 쫓고 있었다
아무리 소리를 질러 사람을 불러도 소리가 나오지 않고
아무리 숨차게 달려가도 발은 떨어지지 않고
골목길은 한없이 아득하기만 했다

3

하늘의 뚜껑이 벗겨지고 모든 흰 공간이 날아갔다 구름
과 함께
꺼져 땅속에 불덩이 용암이 솟아오르고 한 도시가 그

속으로 끝없이 떨어져 갔다

병든 지구의 지각이 아픔에 못 이겨 몸을 뒤틀면서 지
진이 생기고

해변의 여러 마을들은 그곳 주민들과 더불어 쓰나미에
휩쓸려 사라졌다.

허리케인 카트리나로 단숨에 쑥밭이 된 미국의 큰 남부
뉴올리언스

4

팔레스타인에서 이미 몇십 년 동안 수많은 젊은이들이
폭탄을 몸에 감고 이스라엘
점령지 정착촌에서
시장에서
식당에서
버스 정거장에서
젊은 자살 폭탄 테러리스트가 폭탄과 함께 사라졌다

뉴욕 국제 트레이드센터 쌍둥이 빌딩이

비행기를 몰고 날아온 자살 폭탄 테러에
5000명 이상의 희생자와 함께 잿더미가 되어 사라졌다
아프가니스탄에서
다음부터는 이라크에서, 파키스탄에서, 이집트에서
그리고 모스크바에서, 런던에서
그리고 또 터지고 또 터진다.
분노가 폭발로, 폭탄 폭발이 분노로 돌고 돌며 터지고
전 세계 곳곳의 큰 도시가 자살 폭탄 테러에 떨며 흔들
리고 있다

5

누군가가 걸어온다
누군가가 내게 다가온다

머리카락이 빠진
장님인
코가 떨어진
누군가가

모두가 내게 접근해 온다 포크레인 같은 걸음으로
모두가 내게 가까이 온다 장난감 병정처럼

머리통이 없는 몸통만의
몸통이 없는 두 작대기 같은 다리만의
두 팔을 잃은 로봇 같은
그 모두가

6

아기가 젖을 달라 울어댈 때
엄마의 소변 보는 소리가 들리고
눈보라가 치는 깊은 밤
촛불이 흔들거리는 산골 마을의 절간 한 방에서는
자연의 음악 같은
불경을 외는 소리가 들린다

7

아프리카의 들 이곳저곳에서는

어미 토끼, 어미 늑대, 호랑이, 사자들이 굴속에 누워
새끼를 낳고

풀밭 위에 잠깐 멈추어 다리를 뻣뻣이 펴고 서 있는 가
젤, 누, 기린, 코끼리 등의 암놈

꽁무니에서는 땅에 떨어진 각각의 새끼들이 비실비실
다리를 펴고 일어나 선다.

숫사자와 호랑이는 짝짓기를 하려고

제 새끼를 죽이면, 결사적으로 수놈을 멀리하던 암컷
들은

때를 기다렸다는 듯이 수놈을 유혹하여

목숨을 걸고 짝짓기를 한다

혼자 귀가하다 산정에서 길을 잃었던 잠꼬대

여름 연수로 갔던 마을 숙소에서 어느 이른 오후 일행은 꼬불꼬불한 산길을 따라 한참 산책을 하고 휴게소에서 쉬고 있었다. 그런데 이때 내게는 숙소로 먼저 돌아가야만 할 일이 갑자기 생겼다.

나는 낯선 고장이지만 거기까지 걸어왔던 길을 거꾸로 거슬러 올라가면 된다고 확신했다.

나는 걸었다. 산길이 좋았다. 가면 갈수록 눈 아래 시야는 커지고 큰 바다같이 전개되는 경치가 장관이었다.

나는 어느덧 아주 높은 산정에 와 있었다. 눈앞에는 드문드문 우뚝 선 산맥들과 그 사이의 넓은 들이 마치 눈에 덮인 알래스카의 설경처럼 장관이 펼쳐지고 있었다. 그리고 눈앞은 소름이 끼치게 하는 험악한 절벽만이 아찔할 뿐 아무 데도 길이 없었다.

나는 길을 잃고 있었다. 뒤돌아 가자니 너무나 아득하고 헛갈렸다. 망연자실. 이 높고 막막한 산맥들 지붕 한 절정에서 나는 아찔했다. 아무 인기척도 없었다. 아무리 멀리 보아도 동네 하나도 시야에 들어오지 않았다. 죽음의 공포에 사로잡혀 탈진했다.

　모든 것이 끝이구나! 내가 어쩌다 이렇게 되었는가? 나
는 아찔하고 깜깜했다.

　이때 느닷없이 한 젊은이가 자동차를 몰고 나타났다.
그 뒤 다른 이가 또 하나.

　그들은 내가 길을 잃은 것이라고 했다. 그들을 따라 아
찔했던 산정을 내려 돌아왔다.

발광

젊은이는 유흥비를 마련하기 위해
지나가는 여인을 납치하고
강간하고
은행 카드를 빼앗고
그리고 사람들을 죽이고
산에 묻는다

파산한 아버지는 생명보험금을 찾으려고
아내를
아들을
그리고 딸을 죽이고
집에 불을 놓는다

억압, 가난, 비굴함, 원한, 분노
그리고 절망에 불이 붙어
여기서는 자살 폭탄 테러로 폭발하고
저기서 사람들, 버스 정류장, 경찰서가
피 묻은 조각으로 산산이 날아간다

수억의 아이들, 노약자들, 가난한 이들이

과로, 병 그리고 기아에 죽어갈 때
날로 세련되어 가는 첨단 무기가
연구, 개발 그리고 대량으로 생산되고
바다와 대륙에서는
강대국들의 첨단 무기를 시험하는
실전 못지않은 전쟁 훈련이
멋있게 시행된다

광란한 시대의 광란의 시

똑똑히 보자
우주의 광기, 인간의 발광을
문명의 카오스, 존재의 소용돌이를
지구가 갈라지고 휴양지 푸켓을 쓰나미가 덮치고,
성난 허리케인이 뉴올리언스 시를 물바다로 만들고
깨진 바다에서 물이 섬들을 삼키고
성난 화산에서
붉게 끓는 바위들이 산꼭대기로 솟는다

분명히 알자
사회의 불의, 사유의 혼동,
헛소리, 거짓말, 사기,
강도, 강간, 살인,
폭주, 폭언, 폭격, 폭동,
데모, 테러, 죽음을

이제 분명한 것은 아무것도 없는
절대적 어둠
이제 그 아무것도 안전할 수 없는
존재의 미친 요동

그렇다면 오늘날
시인은 이 모든 것들이 벌어진 치열한 전선에서
그것들 향해 총을 겨냥하는
지원병이 아니고 무엇을 할 수 있는가

그렇다면 오늘날
쓸 수 있는 시는 한 종류뿐,
버스 정류장 혹은 식당
한복판에서 무고한 이들을 죽이며 자신의 가슴속에 몰
래 두른
폭탄과 함께 스스로
불꽃처럼 산산이 하늘로 날아 흩어지는 사라지는
팔레스타인의 어린
자살 폭탄 테러리스트의 찢어지는 살 조각들 같은

오늘날 분노로 폭발하지 않은 시인은 사기꾼이다
오늘날 아름답고 고운 시는 가짜다
오늘날 광란하지 않는 시인은 더 이상 시인이 아니다
오늘날 비극적 광란의 언어가 아닌 시는 더 이상 시가
아니다

나는 가짜다

나는 남의 옷을 입고
남의 생각을 남의 말로 중얼거리며
남의 땅, 남의 나라, 남의 집에서
남의 여자, 남의 남편, 남의 자식과
남의 사랑을 하며 남의 돈으로
남의 등에 들러붙어
남의 신분증을 갖고 산다.

나의 신분은 가짜다.
나는 실체가 아니라 가상이다.
그리고 너도 그렇다.
모두가 그렇다.

나는 나의 눈이 아니라 남의 눈으로 사물을 보고,
남의 코로 숨쉬며, 남의 살로 만든
남의 얼굴을 들고
사진 찍고, 취직하고, 돈 벌고 사랑하고
남의 이로 먹고 씹으며, 남의 위장으로 소화하고,
남의 심장 힘으로 움직이며
남의 삶을 산다.

나의 존재는 가짜다.
나는 진짜 사이보그.
너도 그렇고.
모두가 그렇다.

새천년 호미곶 해맞이 축제를 위한 시(2000년 1월 1일)

아 찬란하고 장엄하다
지금 상쾌한 새벽 공기를 헤치고
맑고 깊은 동해의 푸른 수평선에 돋는 해

나는 두 팔을 크게 벌리고 맞는다
심연의 어둠을 거두며 정중히 솟아나는
우주보다도 크고
늦가을 하늘에 매달린 감보다도 맑은 주홍색
태양을

아 고귀하고 엄숙하다
이 순간
이 새천년
1월
1일
오전 7시 32분

영일만(迎日滿) 바다가 밝아오는
새 하루의
새 한 해의

새백년의
새천년의
해

새
장엄한 순간
엄숙한 아침
경건한 신년
찬란한 새 세기의 출발
거룩한 새천년의 시작

아 아름답고 성스러워라
먼동이 트면서
바다와 하늘
지구와 태양
밤과 낮
인간과 우주
이 모든 것들이
단 하나로 승화하는
먼동이 튼다

영원한 신비의
새천년의 아침이
한반도를 열고
한국인의 가슴속에
솟아오른다
아 즐겁고 가슴 벅찬다
해가, 해가 돋는다
주홍빛 거대한 새 해가 떠오른다
한반도 새천년의 빛이
한민족의 새 희망이
인류의 새 꿈이
생명의 새 약동이
솟아 환하게 이 땅에 비친다

아 찬미롭고 기쁘다
떠오르는
새 하루
새 세기
새 밀레니엄의
태양

생명의 원천을 찬미하러
여기 이른 아침 동해의 바닷가 호미곶에
십만 명, 우리 모두 함께 있다

아 가슴이 환하고 온몸이 신난다
크게 벌린 큰 손에
환한 새천년의 햇살이 벅차게 비치고
우리 손에 손을 잡고 노래와 춤으로
해맞이 축제의 잔치를 벌인다

월드컵이 뭐기에

대……한민국! 오…… 필승 코리아! 오 오레, 오레!
코리아 파이팅!

우리는 애들도 아닌데
공차기 놀이가 뭐기에 온 나라가 왜 이리 미쳤느냐
애들과 어른
여자와 남자
온 국민이 왜 이리 들떠 있는가
큰 장사가 되기 때문이라고
그게 말이 되는가

"대……한민국! 오 필승 코리아! 오 오레, 오레!"
파이팅 코리아!

봄이 되면 금수강산 곱게 뒤덮는 진달래꽃처럼
경기장 관객석, 전국 대도시의 중심 거리 꽉 찬 선홍빛
응원대의 진달래꽃이 폈다
붉은 악마 응원단의 태풍 같은 힘찬 물결이 곱다
수만 명, 수십 명, 수백 명이 거리에서, 식당에서, 가
정 거실에서

다 같이 하나가 되어 밤하늘을 흔드는
응원단의 젊고 뜨거운 응원가, 박수 소리
힘찬 합창
하늘을 찌르는 구호
젊게 타는 열정이 아름답다
나라의, 지구의 축제가 된
젊음의 축제, 온 민족의 잔치!
월드컵은 쓸데없어서 더 좋다

이제서야 알게 된 하나됨의 황홀
이제서야 불타는 선홍빛 정열

돈 들어도 좋다
미쳐도 좋다
바보가 되어도 좋다
그냥 축제라서 더 좋다
그냥 좋다
말이 안 되어도 좋다

대······한민국, 오 필승, 코리아, 오 오레 오레!

코리아 파이팅!

우리는 미친 바보가 아닌데
화려하고 신나는 월드컵을 치른다
월드컵이 뭐기에 우리 모두가 왜 그 많은 돈을 퍼부어
야 하는가
온 시민이 왜 이리 떠들썩해야 하는가
나라를 온 세계에 광고할 수 있기 때문이라고
그게 말이 되는가

푸르고 넓은 잔디밭에 하나의 발레
선수들 간에 부단히 재구성되는 역동적 안무의 구성미
아군 적군 간에 부단히 재구성되는 긴장된 역학
서로 색깔이 다른 유니폼을 입은 두 패의 선수들이
끊임없이 총력을 다한 뜀박질이 자아내는 박진감
극한적 경쟁이 서로를 겨누는 팽팽한 패기
이제서야 발견했다
축구가 이렇게도 아름다운 놀이임을
생동력 있어 신명 나는 춤임을
월드컵은 말이 안 되어도 말이 된다

대……한민국, 오 필승 코리아, 오 오레, 오레!
파이팅 코리아!

월드컵이 뭐기에 우리는 이렇게들
바보처럼 돌았는가
바보라도 좋다
뭔지 몰라도 좋다
월드컵이 좋다
축구가 좋다

쓸데없어도 좋다
놀이라서 더 좋다
미쳤다 해도 좋다
월드컵
져도 좋다
이겨서 더 좋다
말이 안 되어도 그냥 신난다

대……한민국! 오 필승 코리아! 오 오레 오레
코리아 파이팅!

우리 전사들이여!
뛰어라! 달려라! 공을 잡아라! 빼앗아라!
쓰러지면 일어서라! 확 차라! 슛!

그리고 북을 쳐라! 구호를 부르자!
밤하늘이 떠나가게!
별들도 즐거워 박수를 보낸다
어깨동무 모두 하나가 되어 선홍빛
손뼉 박자에 맞춰 목이 터지게 응원을 하자

져도 그만, 이겨도 그만
월드컵 경기가 좋다
대……한민국, 필승 코리아! 오! 오레 오레!
코리아 파이팅!

아직 쓰여지지 않은 시를 위해서

나는 평생 알려고 살았다
하늘과 땅, 세상과 나를
그러나
어느덧 내 머리카락은 흰데
알 수 있는 것은
아직도
어둠뿐이다

나는 평생 깊은 뜻을 발견코자 살아왔다
하늘과 땅의, 세상과 나의
그러나
어느덧 내 눈이 침침해 가는데
보이는 것은
아직도
공백뿐이다

내가 누구인가
세상은 무엇인가
존재의 의미가 존재하는가

시간이 얼마 남지 않았다
아직 건강하지만 나는
가까이 오고 있는 나의 죽음을 느낄 수 있다

나는 평생 쓰려고 살아왔다
말이 되는 시를
그러나
어느덧 내 기억이 흐려져 가는데
내 앞에
아직도
메워야 할 빈 원고지만 남아 있다

나는 평생 언어를 발명하려 했다
모든 것의 의미, 존재를 밝혀 주는 시어를
그러나

어느덧 나의 시간이 다 되어가는데
내가 만들어본 낱말들은
아직도 아무 뜻도 없는 침묵일 뿐이다

시간이 얼마 남지 않았다
그래서 나는 뜻이 없고 말이 되지 않지만
쉬지 않고 언어를 실험하고 시를 습작한다

고향엘 처음 간다고?

정과리

엉뚱하게 들릴지 모르겠지만, 오랜 세월을 외국에서 보낸 작가 · 시인들에게 공통적으로 드러나는 특징은 '담백함'이다. 그리고 담백함에도 세기가 있다면, 그것은 그들의 외국 생활의 기간만큼에 비례한다. 다시 말해 그들이 '타자'로서 살아온 세월에 비례한다.

우선, 이 존재론적 타자들은 자신의 감정에 충실할 수가 없다. 즉, 마음껏 웃거나 울 기회를 갖지 못한다. 왜냐하면 감정의 방류는 내면으로부터 터지는 법인데, 그들이 살고 있는 세상은 타향, 결코 자신들의 내면과 동일시될 수 있는 장소가 아니기 때문이다. 그런데 내면의 현실적 부재가 이방인의 한 가지 특징이라면 또한 내면의 잠재적 현존 역시 그들의 특징이다. 이 존재론적 타자들에게 자신의 타자성은 끊임없이 의식의 고갱이를 뒤흔드는데, 그것은 그들이 타자가 아닌 곳, 즉 고향을 끊임없이 간구하기 때문이다. 지금 고향에서 멀리 떠나 있다는 의식이 옛날에 겪었던 고향에 대한 감정을 혹은 언젠가 돌아가 보게 될 고향에 대한 기대를 '극화'시킨다. 물론 아무리 극적인 감정이라도 터지는 법은 없다. 저 '내면의 현실적 부재'가 그것의 격발 가능성을 제어하기 때문이다.

때문에 이 존재론적 타자들에게는 언제나 열정의 은폐가 삶의 주요한 작동 원리로 나타나는 것이니, 그것의 언어적 표출이 첫 문장에서 꺼낸 '담백함'이다. 이 담백함은 열정의 은폐이기를 넘어 열정의 순치(馴致)를 가리킨다고 말해야 타당할 것이다. 다시 말해 그것은 열정의 거세 혹은 억압이라기보다는 그것의 절제를 통한 변용이라는 것이다. 왜냐하면 열정은 여전히 그들을 살아 있게 하는 힘의 원천이기 때문이다. 박이문의 시에는 그러한 사정이 잘 반영되어 있다.

제1부의 소제목 '귀향'은, 이번 시집을 통해, 방금 말한 '열정의 은폐'로부터 시인이 심리적으로 해방될 것임을 암시한다. 이제 시인은 낯선 타자들의 세상에서 동류들의 고장으로 돌아가고자 하는 것이다. 그런데 흥미롭게도 첫 시는 귀향을 다루고 있지 않다. 제목은 「뉴잉글랜드 여름 풍경의 기억」이다. 언젠가 '뉴잉글랜드'에 갔던 기억을 떠올린 시다. 왜 이 시가 앞머리를 차지했을까?

뉴잉글랜드 산속 한 외딴 마을에
집을 짓고 살고 싶다

뉴잉글랜드 숲 속 외딴 집에서
　　시를 쓰고, 사랑도 하다 죽고 싶다

　　마지막 연이다. 시인은 아마도 그가 방문했던 '뉴잉글랜드'에 강하게 이끌렸던 것 같다. 그곳은 "모두가 정갈하고 조용"한 곳이다. 그러니까 '뉴잉글랜드'는 세상의 탐욕과 약육강식으로부터 벗어나 있는 곳이다. 욕망의 도가니에서 해방된 장소라 할 것이다. 그래서 마침내 시인은 그곳에서 살고 싶다는 소망을 토로한다. 그러나 가만히 들여다보자. 이 조용한 곳은 구체성을 결여하고 있다. 따지듯 읽으면 시인이 살고 싶어 하는 곳은 한 군데가 아닌 것으로 보인다. 처음엔 '산속 한 외딴 마을'에 가서 살고 싶다고 했다. 다음엔 '숲 속 외딴 집'에서 살고 싶다고 했다. 둘 다 외딴 곳이라는 공통점은 있다. 그러나 처음에 살고 싶은 곳은 '마을' 속에 지은 집이다. 나중에 살고 싶은 집은 마을로부터 떨어져 있는 숲 속의 '외딴 집'이다. 게다가 소망의 장소뿐만 아니라 소망하는 삶의 형식도 혼돈스럽다. '외딴 곳'에서 살고 싶다는 것은 '혼자 살고 싶다.'는 소망의 제유적 표현이다. 그런데 혼자 살면 그만이지, "사랑도 하"고 싶다고 덧붙여 놓는 건 왜인가? 혼자 살고 싶은데, 동시에, 함께 살고 싶다, 라고 말하는 꼴이 되고 만 것이다. 이러한 혼란스러움 때문에 시인─화자의 소망은 멀리서 보면 정갈하고 조용한데, 가까이 들여다보면 어수선한 꿈처럼 나타난다.

그러니까 뉴잉글랜드는 시인-화자가 실제로 귀의하고
자 하는 곳이 아니다. 그곳은 막연한 지향점일 따름이다.
그 막연함의 내용이 원경의 정갈함과 근경의 어수선함이
라면, 그런 형상은 그대로 이방인의 심리를 드러낸다. 세
상 경험이 깊은 사람이라면 이러한 어정쩡한 감정이 근본
적으로 모순되는 두 가지 욕망의 동시성에서 비롯되는 것
임을 이해할 수 있을 것이다. 고독에 대한 욕망과 공서
(共棲)에 대한 욕망. 이 두 욕망은, 욕망의 동력학이라는
관점에서 보자면, 순차적이다. 고독에 대한 욕망의 밑바
닥에 있는 것은 세계 전체와 자신을 대등하게 만들겠다는
욕망이고 공서에 대한 욕망의 밑바닥에 있는 것은 앞의
절차를 통해 무게를 부여받은 자신을 타자에게 확인시키
고자 하는 혹은 타자로부터 인정받고자 하는 욕망이다.
그러한 욕망의 전개는 기본적으로 자아로 좁아졌다가 세
계로 열려 나가는, 압축되었다가 풀려 나가는, 기본적인
자기변용의 양식을 그대로 되풀이한다.(모든 물질은 가속
기를 통과한 후에 근본적으로 변모한다.) 그러니까 두 욕
망은 자존의 욕망과 인정의 욕망이며, 따라서 자아의 욕
망이자 동시에 타자의 욕망이다. 이 두 욕망은 모든 욕망
들의 공분모에 해당하는 것인데, 문제는 이 두 욕망의 의
식적 은폐로 인한 정갈한 인상과 무의식적 공존, 무분별
한 동시성에 따른 혼잡한 착종이다.

이런 어수선한 꿈을 왜 시집의 서두에 배치했을까? 소
제목 '귀향'과의 연관하에서 이해한다면 시인의 이러한

'조치'는 효과적 귀향을 위한 일종의 전술적 행동이다. 왜냐하면 이 시는 이방 속에서의 이상향 추구는 불가능하다는 것을 암시하기 때문이다. 실로 그 장소의 이름의 이국성과 그 경험의 시간성이 그 불가능성에 강도를 부여한다. '뉴잉글랜드'의 어휘적 상징성은 그 장소는 이방 속의 '새로운 곳'이라는 것이다. 그런데 그 새로운 곳은 얼핏 보면 아름답지만 실제로 보면 막막한 곳이다. 그 때문에 그것은 미래형의 방식으로가 아니라 기억의 양상으로 출현한다. 그곳은 "동화만 같은" 곳이었다. 그 말은 그곳은 단지 동화 속의 장소일 뿐이다, 라는 뜻이다. 그러니까 여기에서 기억은, 모든 기억이 그러하듯이, 확정하는 기능을 갖는데, 그러나 그것은 실존을 확정하는 게 아니라 부재를, 그것의 '무'를 확정하는 것이다.

이것은 이방에서의 삶의 가능성을 점잖게 배제하는 방법이다. 점잖을 수밖에 없는 까닭은 그가 지금 살고 있는 곳이 이방이기 때문이다. 그래서 겉으로 아담하게 묘사하는 것이다. 마치 이웃집 가구와 아이들에게 습관적으로 감탄하듯이. 그러나 또한 속으로 부정하는 것이다. 그런 아름다움은 착시와 환상에 불과함을 환기하는 것이다.

이국에서의 이상향의 불가능성은 곧바로 이국을 떠도는 시인-화자의 삶을 무의미 속으로 몰아넣는다. 다음 시에서, 그가 "코발트 높은 하늘 / 뉴잉글랜드의 늦가을 / 꽃무늬 같은 단풍"의 화사한 배경 속에서 문득 자신의 '늙음'을 확인하는 것은 당연한 수순이다.

언뜻 거울에 비친
낯선 내 얼굴
개지 벌써 30년
어떻게 살다 보니
벌써 백발

깜짝 혼자 놀라면
누런 나의 얼굴빛
변함이 없다 (「가을의 시골 주유소」)

두 연의 전언은 간단하다. 이방에서 덧없이 살다 보니
벌써 늙었다는 것이다. 그러나 여전히 담담한 어조 속에
서 은근한 전언의 이동이 있다. 인용문의 첫 번째 연은
자신이 늙었다는 사실에 대한 놀람이다. 그런데 두 번째
연에서 시인-화자는 슬그머니 자신의 피부색에 대한 확
인으로 나아간다. 담담한 어조란, 이 전언의 이동이 눈치
채기 어려울 만큼 자연스럽다는 것을 가리킨다. 시인은,
'누런'이라는 어사의 이중적 내포를 활용함으로써, 자연
성을 부여한다. 즉,

　　'늙음에 대한 깨달음 → 누런(피로에 지친) 피부에 대
　한 확인'

이

'누런(피부색)에 대한 확인 → 변함 없는 한국인으로서
   의 자신에 대한 인식'

으로 이동한 결과이다. 그럼으로써 마침내 시인-화자는
자신의 귀향에 타당성을 부여할 수 있게 되었다. 이방에
서의 떠돎이 곧 늙음을 지시한다면, 피부색을 통한 한국
인의 환기는 곧 항구성을 지시한다. 덧없음으로부터 벗어
나 영원한 곳으로 갈 때가 된 것이다.
   그러나 귀향을 결행하기까지는 아직 통과해야 할 관문
이 남아 있는 것 같다. 귀향을 처음 노래하고 있는 「고국
의 변한 모습을 조금 보고 나서」 앞에는 방금 본 두 편의
시 말고도 세 편의 시가 들어 있다. 언뜻 봐서는 이 시편
들이 왜 끼어들었는지 짐작하기가 쉽지 않지만, 그 세 편
중 마지막 시, 「자기반성」이 이해의 실마리를 제공한다.
시의 제목은 시인에게 귀향의 조건이 더 남아 있음을 암
시한다. 앞에서 본 귀향의 타당성은 귀향의 '실익
(interest)'에 근거한 것이었다. 그런데 그것은 대상에 대
한 평가이지 주체에 대한 평가는 아니다. 즉 주체에게 귀
향의 자격을 부여하는 것은 아니라는 것이다. 모두가 가
나안에 발을 디딜 수 있는 것은 아닌 것이다. 아간(Acan)
의 교훈은 그래서 있는 것이다. 그 자격의 근거를 시인-
화자는 육체적 근거(피부색)에서 찾았는데, 그러나, 귀향
은 자연(태생지)으로의 귀환이면서 동시에 사회로의 복귀
라는 이중적 의미를 가지는 것이라서, 귀향의 정당성도

자연으로부터뿐만 아니라 사회로부터도 구해야 한다. 왜
냐하면 그가 돌아갈 곳은 "고국 사람들이 흘렸던 그 많은
피와 땀"(「고국의 변한 모습을 조금 보고 나서」)으로 젖어
있기 때문이다. 「자기반성」은 아마도 그래서 쓰인 것이리
라. 자신이 "편안히 사는 철학자"로서 존재하는 동안 노
동이라는 부역을 감당했던 사람들에 대한 "미안함과 고마
움"의 표시만이 그들의 대열에 끼일 수 있는 '자격'을 부
여할 것이기 때문이다. 그러나 그뿐만은 아닌 것 같다.
「자기반성」의 앞에 배치된 두 편의 시는 모두 시인 자신
의 '늙음'을 되새기고 있다. 그런데 이 늙음을 바라보는
방향이 특이하다. 「갑자기 드는 생각들」에서는 '죽은 아
버지', '나'의 '후사 없음', '나'의 나이 생각, '나 자신
의 죽음'에 대한 생각으로 이어져 있다. 한편, 「깜짝 놀
람」에서는 '나'의 '늙음' 생각의 앞뒤로, '숙면'과 '밤샘'
의 이야기가 배치되어 있다. 「갑자기 든 생각들」은, '죽
은 아버지—후사 있음' / '늙은 나—후사 없음'의 대립을
표층구조로 갖고 있다. 그리고 제4연 "갑자기 / 나 자신
의 죽음을 의식"하는 절차에 의해, '늙은 나'는 '죽을
나'로 변용되어, 심층적 구조가 '죽은 아버지—후사 있
음' / '죽은 나—후사 없음'으로 단순화되어, 결국 '아버
지—연속' / '나—단절'로 압축될 수 있다. 「깜짝 놀람」역
시 유사한 구조를 가지고 있다. 그것은 '나의 늙음'에 대
한 의식을 축으로 '숙면의 육체' → '(다시 찾아온) 불면
의 의식'으로의 변환을 보여 주고 있다. '숙면하는 육체'

/ '불면의 의식' 사이의 대립이 '연속의 아버지' / '단절된 나'의 대립과 기능적으로 유사하다는 것을 전제하면, 이 대립의 의미는 아주 쉽게 풀린다. 즉, 이 대립들에서 전자는 자극의 원천으로 작용하며 후자는 결핍된 존재이자 결핍을 각성하는 주체로서 기능한다. 이 대립은 보족적이며, 그 보족을 가능케 하는 것은 육친성 혹은 동일성이다. 풀어 말하면, 시인은 다른 상태를 근거로 해서 현재의 결핍을 벗어나기 위해 분발하게 되는 것이다. 때문에 「자기반성」앞에 있는 두 시는 '자기 인식' 혹은 '자기 인정'의 시편들이다. 자기를 반성할 뿐만 아니라 자기를 인정할 수 있는 자에게만이 귀향이 부여되는 것이라 할 수 있다.

귀향의 조건은, 그러니까, 발견, 정화, 확인이다. 발견은 고향의 발견이고, 정화는 자기의 정화이고, 확인은 자기 내부에서 자라난 의지의 절실성의 확인이다. 이 세 가지 절차에 의해서 시인─화자의 귀향은 마침내 이루어진다. 이 세 가지 절차는 곧바로 귀향하는 주체의 정당성을 확인하는 절차이다. 때문에 귀향하는 자는 당당하지도 않지만 또한 비굴하지도 않다. 그는 돌아온 조국에 대해 성찰적 시선을 보낸다.

그 성찰적 시선은 네 가지로 대별된다. 첫째, 조국의 발전에 대한 감격; 둘째, 옛 지인들에 대한 추억; 셋째, 고향의 풍광에 대한 발견; 넷째, 고향과 나의 관계.

이 시선들이 성찰적인 것은 무엇보다도 감동과 의혹을 동시에 포함하기 때문이다. "정말 큰일을 해냈다 / 나의 조국, 나의 형제들, 나의 동포들"(「고국의 변한 모습을 조금 보고 나서」)에게 감격했던 시인-화자는 "동마다 / 단지마다 / 거의 아파트마다 지붕 위 / 밤하늘에 새겨진 / 환한 십자가 / 화려한 네온사인 / 기도하고 종교심이 깊다 / 정말인가? 문제인가?"(「일산 신도시」)라는 의혹 속에 잠기며, 옛 지인들을 추억하는 '나'는 대뜸 "누군가의 총에 쓰러진 중학 동창들"(「더 기억에 남는 사람들」)부터 생각한다. 그리고 이어서 타인의 불행을 소망했던 자신의 못남을 고백한다.

그런데 이 시선 속에는 자신에 대한 부끄러움뿐만 아니라 고국의 현재에 대한 비판적 인식이 이리저리 흩어져 있다. 그렇다는 것은 이 시선이 수치스러워 하는 시선이 아니라 질문하는 시선이라는 것을 가리키며, 그것은 앞에서 보았듯 시인-화자가 귀향의 조건을 스스로 갖추는 절차를 밟았기 때문이다. 고향의 풍광에 대한 새삼스런 발견이, "50년 전 떠났던 고향 / 그때보다도 더 초라해"(「남이 살고 있는 고향집」) 같은 부정적 판단에서부터 "가을 하늘은 아무리 봐도 / 크고 무한히 곱다 / 한없이 충만하다"(「가을 하늘」)에서처럼 전폭적인 감동의 인상에까지 넓은 감정의 스펙트럼을 갖고 있는 것도 그 때문이다.

따라서 여기 실린 시편들은 고향에 대한 일방적 편애의 시가 아니다. 고향에 대한 그리움은 누구보다도 강렬했으

나, 세심하게 돌아갈 근거를 마련하고 자신의 자격을 찾고 되찾은 고향을 음미하는 사이에 고향은 산책자 앞에 놓인 객관적 경치로 변모한다. 그렇다는 것은 이 귀향의 시가 실은 이방인의 어법과 태도에 여전히 젖어 있음을 보여 준다. 이방인은 귀향해서도 이방인인 것이다.

그렇다면 시인─화자가 돌아온 곳은 정말 고향인가? 물론 고향이다. 그러나 그가 안식할 고향은 아니다. 이미 그런 고향은 사라지고 없다. 고향의 풍광에 대한 그의 판단을 다시 되새겨 보자. 돌아온 고향은 그때보다도 더 초라하다. 그때는 "궁전 같아 크기만 했던 기와집"이었다. 그런데 그 기와집의 물리적 형체가 변한 건 아니다. 변한 건 시인 자신일 뿐이다. 그는 이제 어린이가 아니라 노년인 것이다. 그러니 기와집이 궁전같이 크게 보일 리가 만무한 것이다. 따라서 귀향자에게 고향은 언제나 '추억' 속에서만 존재한다. 그래서 시인은 말한다. "메뚜기가 보이지 않는 초가을 논두렁 / 개구리의 울음소리가 들리지 않는 논 / 참새들은 어디로 떠났는가 / 잠자리는 어디로 갔는가 / 논에서 우렁이 잡던 / 어릴 적 시간은 어디론가 사라진 / 지금은 남은 것은 오직 추억뿐"(「고국의 늦여름 주말 드라이브」)

남은 건 추억뿐이다. 그러나 이 말도 정확한 말은 아니다. 추억의 불을 지피는 것은 지금·이곳의 고향이기 때문이다. 지금·이곳의 고향은 '진짜 고향'에 대한 유일한 준거점이다. 다시 말해 지금·이곳의 고향은 실물로서는 실재의 배반이지만 또 다른 방식으로는 '진짜 고향'의 작은 대상들의 집합이다. '또 다른 방식'이란 '시니피앙으로서'라는 뜻이다. 고향은 실물로서가 아니라 기표로서 진짜 고향을 끊임없이 환기한다. 이때 고향은 삼중으로 분리된다. 그렇게 분리된 세 영역은 모두 '나'와의 관계 하에서의 고향의 다른 양상들이다.

첫째, 돌아가 찾아본 실제의 고향과 그가 그리워한 실재의 고향 사이의 간극을 통해서, 고향은 영원한 상실의 대상이 된다. 그 상실은 한편으로는 그리운 사람들과의 영구적 이별에 대한 애도라는 양태로 나타나지만, 다른 한편으로는 고향을 다시 떠나 진정한 관계를 찾겠다는 편력의 산만한 꿈으로 표출된다. 그 편력은 낭만적 떠돎의 양태로 나타나는데, 가령, 공간적으로는 "가을 하늘 바라보면 / 무조건 날아 올라가고 싶다 / 흰 구름처럼 아무데라도 가고 싶다"(「가을 하늘을 바라보면」)라는 '이곳이 아닌' 모든 곳에 대한 우발적 동경으로, 혹은 "10년 / 학아 / 사슴아 / 오순의 아내야 / 오래 보람 있게 / 마누라야 / 아주 오래 / 함께 살자"(「어느 여인의 오순을 위하여」)에서 보이듯 음성적 유사성에 근거한 모든 대상들의 동일시를 낳는다. 이 낭만적 떠돎의 특성은 그 지향의 우발성과 편재성에 의해서, 고향 떠남의 충동이 실제로는 고향 주변을 떠도는 모습으로 나타난다는 데에 있다. 고향의 주변을 떠돈다는 것은 고향의 주변을 뒤져 진짜 고향의 흔적을 찾으려는 욕망의 표현에 다름 아니다. 그리고 그 욕망은 본질적으로 시적 욕망에 속한다. "마치 산 상에서 그리스도가 변용(變容)했던 것처럼" "무의미한 물질(을) 의미 있는 언어로 변용"(「자연의 시적 변용」)하는 욕망이다.

둘째, 역시 똑같은 간극에 의해서, 고향은 비판적 부정의 대상이 된다. 실제의 고향에서 부정적인 것들이 적발되고 폭로된다. 앞에서 보았던 네온사인으로 번득이는 교회 간판들, "서로 총을 겨냥하고 말없이 순찰하는 / 국군, 인민군, 미군, 유엔군"(「38선의 짙은 녹음」)의 존재 등등. 그런데, 이 비판적 부정은 시집의 제2부에 와서 볼록거울에 비춘 양상으로 확대된다. 제2부에 가면 시인의 펜은 단순히 고향스럽지 못한 고향의 양상들에 대한 적발에서 그치지 않는다. 2부에는, 현재 존재하는 모든 것은 "남의 집, 남의 땅, 남의 시대"라는, 고향의 삶 전체가 서양적인 것으로 재편된 이후 한국인에게 고향은 본원적으로 부재한다는 사회사적 인식(「가짜」), 혹은 모든 삶은, 동물의 삶이든 인간의 삶이든 먹이사슬 속에 갇혀 있어서, 그 본래적 의미에 있어서의 안식처로서의 고향은 존재할 수 없다는 불행한 의식(「한 사슴의 죽음」; 「아프리카의 아름다운 동물의 세계」; 「앞을 따라서, 뒤에 밀려서, 그리고 줄을 따라 자동기계적으로」), 본래적 의미의 고향을 상실한 문명의 장래는 파국적 재앙일 뿐이라는 도저히 비관적인 종말론적 인식(「미리 본 문명의 황무지」; 「이대로 끝나는가……」)이 시 쓰기의 매 순간을 짓누른다.

그러나, 이 표면적 양상을 통해서 제2부를 고향 상실의 절망감이 낳은 현존 세계에 대한 파괴적 부정의 격발로 읽을 필요는 없다. 꼼꼼히 읽으면 독자는 전혀 다른 양상을 만난다. 그리고 그 다른 양상은 시인-화자의 세 번째 태도로부터 비롯한다. 그 세 번째 태도는 기표로서의 고향의 존재에 근거하는데, 그에 의해서 고향의 모든 것들은 진짜 고향을 환기하는 사물들, 작은 실재들로 변모한다. 이때 고향은 매 순간 다시 태어나는 고향, 매 순간 처음으로 경험하는 고향이 된다. 고향은 이제 '예전에 내가 살았던 곳'이라는 뜻으로서가 아니라, '내가 혹은 인류가 마침내 찾아가 귀의해야 할 곳'이라는 뜻으로서의 고향이 된다. 이로부터 "처음 가는 고국"이라는 표현이 가능해진다.

> 문경새재를 넘어 단양으로
> 처음 가는 길
> 아름다운 우리의 자연(「고국의 늦여름 주말 드라이브」)

이 처음 가는 길은, 고향 속의 고향 너머의 장소다. 그래서 시인-화자는 말한다.

> 도시, 더욱 한국의 도시는 멀리 떠날수록 좋다
> 시골 마을도 지나갈수록 즐겁다"(「과학자들과의 주말 등산」)

진짜 고향은 도시도 시골도 지나가 있는 곳이다. 그곳은 고국 안에서 원족을 가야 있는 곳이다. 그렇다면 실제의 고향이 기표로서 환기하는 진짜 고향은 '고향 안에서 ──고향을 멀리 떠나서──있는 고향'이고 고향이 지워짐으로써 발견되는 고향이다. 그 고향은 실제의 고향을 부정하고 지움으로써 발견되면서, 동시에 그러나, 그 기표의 고향이 없으면 결코 발견될 수 없는 고향이다. 저 고향은 이 고향 안에 있으니까.

그렇다면 저 진짜 고향이 제대로 발견되려면 실제의 고향의 부정성이 그만큼 생생해야 한다. 그것이 살아 있음의 증거이기 때문이다.

> 부엌 모양은 어지러워도 아름답다
> 부엌은 생생하다
> 삶이니까 (「부엌」)

라는 표현은 그와 연관이 깊다. 조금 주의가 깊은 독자라면 이 시구가 은근한 말장난임을 눈치 챌 수 있을 것이다. 왜냐하면 '삶'은 '생'이니까. 뒤 두 행은, "부엌은 생생하다 / 생이니까"로 읽을 수 있거나 혹은 거꾸로 "부엌은 삼삼하다 / 삶이니까"로 읽을 수 있다.

어쨌든 이 동일성의 재담이 노리는 것은 존재하는─부정태와 갈망되는─부재태 사이의 추동적 상호작용이다. 그것들은 이질성으로서 상대방을 자극하며 동일화됨으로

써 자극에 실제적인 효력을 부여한다. 따라서,

> 생선 눈알을 빼 먹었다가
> 플라스틱
> 녹슨 부속품을 잉태한
> 처녀
> 샴페인 거품이 넘치는
> 흰
> 잔 높이 들고
> 어느 서정시 한 구절을
> 외운다 (「포스트모던 이미지」)

와 같은 그로테스크한 이미지를 만났다고 해서 놀랄 것은 없다. 말라르메의 「인사(Salut)」를 연상시키는 이 시가 보여 주는 것은 "생선 눈알을 빼 먹었다가 / 플라스틱 / 녹슨 부속품을 잉태한 / 처녀"만도 아니며, "서정시 한 구절을 외"우는 처녀만도 아니라, 이 두 모습의 동시성이고, 동시성에 의한 두 이미지 사이의 충격적 대조이다. 그 대조를 통해서 한편으로 고향을 상실한 문명사회의 재앙적 이미지가 부각되며, 다른 한편으로 그 재앙의 한복판에서, 마치 연꽃처럼 혹은 미로의 비너스처럼, 고향을 회복하고자 하는 의지가 선명히 도드라져 솟아오른다. 이러한 충격적 상호작용을 통해, 「미리 본 문명의 황무지」를 탄식했던 시인은 이제 그 황무지의 폐허 속에서도 여

전히 존재의 뜻을 캔다. "존재는 뜻으로 깊으면서도 뜻이 없다"는 사실이 오히려 시인-화자에게,

> 시를 시험한다
> 생각을 생각해 본다
> 물어보고 또 물어보 (「이대로 끝나는가……」)

는 운동을 부추긴다. 존재의 뜻이 보이지 않기 때문에,

> 보이지 않는 자연의
> 우주의
> 그리고 존재의
> 신비로운 깊은 의미 (「몽고의 풍장(風葬)」)

을 "비장하고도 장엄"하게 새기는 것이다.

고향에 처음 가보는 것은 자연스러운 일이 아니다. 문자 그대로는 그것은 모순어법이다. 그러나 그 모순어법을 적극적으로 밀고 나가면 우리는 귀의가 출분이고 안식이 신생인 전혀 새로운 경험을 해볼 수 있다. 아니 모든 참된 경험이 사실 그와 같으리라. 왜냐하면 어떤 귀환도 그것이 새로운 삶의 경험을 제공하지 않으면 귀환의 이유를 상실할 것이며, 또 어떤 신생도 그것이 보편적 의미 안에 정착하지 못하면, 생명력을 잃고 스스로 지리멸렬해질 것

이기 때문이다. 때문에 그 모순어법적 삶을 몸에 배게 한 사람은 이향을 헤매는 과정을 그대로 고향 회귀의 궤적으로 만들 것이며, 또한 고향으로의 귀환의 도정을 언제나 분수가 솟구치듯 하는 원심력 속에서 밟을 것이다. 또한 때문에 그런 특이한 삶은 어느 한 방향에 일방적으로 쏠리지 않아, 언제나 절제된 양태로 혹은 정화하는 방식으로 표현될 것이다. 그런 담백하고 정갈한 표현의 애초의 원인은 '낯선 곳에서 사는 자'의 '내면의 현실적 부재'라고 서두에서 언급했거니와, 이제 그것은 삶을 부러 낯설게 하는 신생을 위한 모험이자, 그 모험을 위한 내면의 비움 작용이라 할 수 있을 것이다. '절제된 방식으로'란 말은, 여기에 와서, '너절한 것들도 생생하게 살아 있게 하는 방식으로'라는 뜻이 된다. 그러니 아무리 나이가 들어도 언제나 갓 태어난 아이처럼 살 수 있는 것이다. 그것이 희수(喜壽)를 맞이한 노시인이 오랜 이향과 신중한 귀향을 통해 '이미' 다다른 깨달음일 것이다. 박이문 시인이 동자의 얼굴을 하고 있는 까닭이 다 있는 것이다.

(문학평론가 · 연세대 교수)

아침 산책

1판 1쇄 찍음 2006년 5월 10일
1판 1쇄 펴냄 2006년 5월 15일

지은이 박이문
발행인 박근섭
펴낸곳 (주) 민음사

출판등록 1966. 5. 19. 제16-490호
서울시 강남구 신사동 506번지 강남출판문화센터 5층 (우)135-887
대표전화 515-2000 / 팩시밀리 515-2007
www.minumsa.com

값 7,000원

ISBN 89-374-0742-6 03810